K-정치를 부탁하오

공감시인선 71
K-정치를 부탁하오
ⓒ 김부자, 2026

지은이_ 김부자

발 행 인_ 이도훈
펴 낸 곳_ 파란하늘
초판발행_ 2026년 3월 5일

사무실_ 서울시 서초구 법원로3길 19, 2층 W109호
          (서초동, 양지원빌딩)
전 화_ 02) 595-4621, 010-6722-4621
팩 스_ 050-4227-4621
이메일_ flyhun9@naver.com
홈페이지_ www.dohun.kr

ISBN_ 979-11-94737-50-6 03810
정가_ 15,000원

K-정치를 부탁하오

김 부 자 시집

파란하늘

시인의 말

본인들이 만든 법을 본인들이 위반하는 정치인들이 꽤 있죠. 억울하다고, 왜 우리 부부만 갖고 그러냐고, 왜 우리 당만 갖고 그러냐고, 목에 핏대를 세우다가 법적 처벌을 받는 것은 물론 그들의 민낯을 보게 되더군요. 그래서 묵묵히 일 잘하는 정치인들까지 싸잡아 비난을 받는 것도 사실입니다.

제가 이런 시를 쓰게 된 것도 매우 유감입니다.

여러분이 대한민국을 사랑해서 정치를 하듯이 저도 대한민국을 사랑해서 이런 시를 용기 내었습니다. 정치인이나 일반인이나 법을 위반했으면 인정을 하고 법적 처벌을 받아야지요.

제발 끝까지 아니라고 거짓말하지 맙시다. 시간이 다소 걸려 피해자는 말로 형용할 수 없는 고통을 겪게 되지만 모든 일은 사필귀정입니다.

시로 표현하다 보니 다소 억지스러운 부분도 있습니다. 그렇지반 거르고 길러서 표현했으니 오해 없길 바랍니다.

2026년 봄

김부자

3부 여의도에 뜬 맑은 바람

4부 바보 시인이 수놓은 편지

해설

1부

찰나에 저문 왕의 계절

작약의 읍혈록

눈코입이 뭉개진 곤룡포여

1.8평 콘크리트 독방에 갇힌 곤룡포여

욕망의 어기진 사내처럼 구겨진 태극기여

못다 부른 애국가여

못다 핀 무궁화여

이방인처럼 낯선

왕이 된 내 아들

왕이 되기 전 넌 천사 같은 아들이었다

왕이 되기 전 넌 우리 부부의 자랑이었다

보고 싶고

만져보고 싶고

안아보고 싶구나

김치찌개 끓이고 계란말이 해서

소박한 집밥 먹이고 싶구나

차고 검은 파도 같은

냉혹한 이 현실 앞에

손을 놓고 지켜만 보는 이 비통함

비길 때가 있으랴

화인 불도장 꽝꽝 심장에 박히는

어미의 비애를

하늘인들 알까

땅인들 알까

앵무새처럼

뉴스 전하는 두 앵커의 입이 원망스럽다

어제도 그제도 지난밤도

찰나에도 뜬눈으로 눈물짓는 붉은 작약

인생사 榮枯一吹(영고일취)

인생의 영광과 쇠퇴가 밥 한 끼 짓는 시간이구나

어서 돌아오라 집으로

어서 돌아오라 맨발로

어서 돌아오라 내 아들

이기고 돌아왔다

2025년 3월 12일 오후 5시

윤석열 전 대통령 내외가 한남동 관저에서

서울 서초구 사저 아크로비스타로 이사했다

주민들은 윤 전 대통령 내외를 반갑게 맞아주었다

주민들과 일일이 손 악수를 하며

다 이기고 돌아왔다

3년 하나 5년 하나 그게 뭐가 중요하냐

겸연쩍어 애써 환한 미소를 띤다

뭘 이겼는지

누구를 이겼는지

월남에서 돌아온 김상사냐

민주당 박지만 의원 비아냥

4월 13일 MBC 뉴스데스크 클로징 멘트

김영호 앵커

윤 전 대통령은 금의환향이라도 한 듯

집으로 돌아갔다

비아냥거리는 쓴소리다

정말 이기고 싶었을 것이다

이긴 자도 진 자도 없는 무승부요

고생 많으셨습니다

날개 꺾인 부창부수

게으른 왕과 철부지 왕비
부창부수입니다

좁은 땅에서
방도 부족하거늘

독방 하나씩 차지하고
유배생활을 하고 있다니

두 분
참으로 거시기합니다

과욕필망

정신 다이어트

마음 다이어트는 안 하면서

몸 다이어트만 했던 여자

정신 성형

마음 성형은 안 하면서

얼굴 성형만 했던 여자

정신이 비대증에 걸린 여자

결국

과욕필망이 된 여자

호숫가 달에 갇힌 달온 오빠

비단 구두 사 오신다는 동요 속

만인의 오빠 아니라오

청바지가 잘 어울리고 춤 잘 추는

동네 오빠 아니라오

노래 잘하고 기타 잘 치는

음대 오빠 아니라오

개콘에 나오는

심곡파출소 송필근 오빠 아니라오

기도하는 아~아~

조용필 오빠도 아니오

내가 말만 하면 다 해주는

나의 남편 대통령

달온 오빠라오

이번에는 별을 따다 주기로

약속했거든요

꽃이 피고 지고 석삼년 잔이 넘쳐

호수가 되었소

어두운 밤에 달은 가장 빛난다고

내 그리 일렀거늘

어제 마신 폭탄주 20잔 취기가 빠지기도 전

새벽에 호숫가로 간 달온 오빠

호숫가에 뜬 희미한 달그림자를 쫓다

달에 갇힌 달온 오빠

비단길 가시밭길 유배길

님을 지척에 두고 보고파도

못 보는 짓궂은 운명이여

견우와 직녀도 1년 지나면

꼭 만나거늘

우리 죄가 바다 건너

대륙만큼 크니

보고파도 못 보는

옥중의 몸이 되었소이다

화무십일홍이요

권불 10년 아니 5년

아니 4년 못 가네

억울해 억울해

왜 우리 부부만 갖고 그래

기약 없는 이별에

하염없이 흐르는 뜨거운 눈물이여

그리운 님이여

어여쁜 님이여

나보다 더 나를 사랑해 준 내 님이여

우리의 유배가 길어질까 두렵소

우리 서로 잘 버티고 견디어

꼭 다시 봅시다

견우와 직녀가 되어

내년 칠월칠석에는

꼭 보기를 기원합니다

사랑합니다

그리고 미안해요

양치기 소년이 된 공부인

내가 남편 달온을

다시 볼 수 있을까요

내가 남편 달온을

다시 만나 살 수 있을까요

내가 죽어 없어지면

남편 살길이 열릴까요

내가 대신 감옥에서 살고

우리 대통령 풀어주면 안 될까요

이제 와서 생각하니

남편에게 한없이 미안합니다

내게 한없이 다정하고 너그러운 사람이었어요

남편에게 진 빚을 무슨 수로 갚죠

가슴 절절한 때늦은 각설탕이요

분홍 무명손수건 백만 장을 적시고

기찻길 철로 같은 접견실 테이블이

흥건히 젖도록 피를 토하며

통곡을 했지만 아무도 안 믿는다

안 간 건지 못 간 건지

남편 면회신청을

단 한 번도 안했기 때문에

언론에서 진심이 아니라고 단정을 했다

결국 양치기 공부인 낙인까지

추가

옥중 궁금증

전공부인 : 이재명 장점이 무엇이랍니까?

변호사 : 이재명 장점은 사람을 얻는 것입니다.

전공부인 : 남편에게도 꼭 좀 전해주세요.

변호사 : 뼈만 남은 앙상한 몸으로 오열을 했단다.

김부자 : 지금 이 시점에서 그것이 궁금하였소.
　　　　 사람은 누구나 다 장단점이 있다오.
　　　　 상대방의 장점은 배우기도 하고 따라
　　　　 하기도 하면서
　　　　 내 단점은 고쳐가며 더불어 살아간다오.

어찌하여 장점보다 단점이 더 많은
사람이 되었소이까
어찌하여 단점이 더 많은

아무것도 아닌 사람이 되었소이까

이미 드레스는 비에 젖어

만신창이 유배 중이요

탄핵 판결

2025년 4월 4일

을사년 사시 오전 11시 22분

헌재 재판관 전원 일치 8대0으로

헌정 사상 두 번째로 탄핵 파면된 윤석열 대통령

탄핵 인용 결정

기뻐서 눈물 흘리는 쪽

받아들일 수 없다며 망연자실하여

오열하는 쪽

4월 4일 을사년 뱀사 뱀시

4가 네 번 겹쳐서 탄핵이란다

그러나 죽을 사는 하나도 없다

어찌됐든 국민들이 선택한 대통령이

국민들 손에 탄핵되었다

역사적인 비극이다

기도하는 마음으로 시를 써가며

정치 잘해 달라고 부탁했거늘

내 기도가 헛되었소이다

사랑하는 국민 여러분

그동안 대한민국을 위해 일할 수 있어서

큰 영광이었습니다

많이 부족한 저를 응원해 주신 여러분

깊이깊이 감사드립니다

기대에 부응하지 못해 죄송합니다

사랑하는 대한민국과 국민 여러분을 위해

기도하겠습니다

윤석열 드림

적반하장

전공부인 : 나 억울해요!

부자 : 뭐가요?

전공부인 : 아니, 내가 잘 해보려고 노력도 하고 나름
고생도 했는데
몇 가지 실수를 좀 했기로서 내 발목에 족쇄를
채운다는 게 말이 안 되죠.

부자: 아니, 적반하장 아니요!
만약에 남편이 대통령에 당선되더라도 조용히
내조만 하겠다던 약속을 지켰으면 일석이조
일석백조 아니 세계 평화였죠.

게으름이 불러온 실패

천재라도 성공하려면

부지런해야 한다

대통령도 게으르면

실패한다

천재 대통령 윤석열

실패의 원인은 게으름에 있었다

너스레를 떨었다

윤석열 대통령이 3월 8일 서울구치소에서

52일 만에 석방

윤 대통령은 경호차량에서 내려

지지해 준 분들에게 손을 흔들며

환한 미소로 고맙다고 인사를 한다

기자와 인터뷰에서는

가늘게 떨리는 듯한 목소리로

감옥은 대통령이 가도 배울 게 많다고

너스레를 떤다

전두환 대통령이 같은 죄명으로

감옥에서 석방되어 백담사로 유배 가던 날

백담사 앞마당에 미리 준비해 둔

기자회견장 마이크에 대고

국민 여러분

다 가도 감옥은 가지 말라고

가슴 떨리는 듯한 목소리로 신신당부했다

두 사람이 같은 위치에서 같은 죄명으로
특정한 장소에서 확연히 엇갈린 감정의 표현이다

윤석열 대통령은 국민들께 겸연쩍고 송구해서
감옥은 대통령이 가도 배울 게 많다고 한 것이다

나도 살다 보니
딱 한 번 감옥에 갈 뻔한 사건이 있었지만
참았다
잘 참았다고 생각한다

유명인이든 일반인이든
웬만하면 감옥은 가지 맙시다

이 글을 쓰고 나니
눈물이 왈칵 쏟아진다

뉴스를 보자

요즘 대다수 국민들이

뉴스를 보면 화가 나서 아예 안 본답니다

나는 그래도 뉴스를 봅니다

2부

텔레비전 없는 처장님

인사청문회

인신공격 망신주기 청문회 금지하고
정책 검증하는 청문회를 하잔다

청문회 검증 통과 자신이 없어서
몇몇 장관 후보자는
모처럼 온 기회를 거절했다고 한다
어쩌다 이 지경에 이르렀을까

궁민의힘 김희영 의원
첫 질문에서 막힐 거라고 상상조차 못했단다
마지막 숫자까지는 몰라도
앞에 숫자는 알고 있을 거라고 생각했단다

국가 부채는 몰라도
대한민국 정부 예산은 당연히 알고 있을 거라고
생각했단다

2025.6.24. 김만석 공무총리 인사청문회

김희영 의원: 올해 회계연도 2025년도 우리나라 정
부 예산 규모가 어느 정도인지 아십니까?

김만석 공무총리 후보(이하 후보): 지금 예산안 규모
에 대해서는 저희가 추계를 다시 해야 되는
상황이라고 보고 있습니다.

김희영 의원: 본 예산 어느 정도인지 어바웃으로 말
씀하시면 됩니다.

김만석 후보: 정확한 숫자까지 말씀드려야 합니까?

김희영 의원: 대강 말씀하시면 됩니다.

김만석 후보: 음~~~~ 똑딱 똑딱 똑딱 똑딱

김희영 의원: 그러면 국가 채무 비율을 어느 정도인
지 아십니까?

김만석 후보: 채무 비율도 다른 나라와 평균에 비
해 경우에 따라서는 OECD보다 높다고 보는
경우도 있고 좀 낮다고 보는 경우도 있다고

봅니다.

김희영 의원: (곧바로) 그러니까 어느 정도인지 규모를 가늠하고 있는지를 묻습니다.

김만석 후보: 음~음~ 20~30쯤으로 알고 있습니다.

김희영 의원: (여기서 네에~~ 한숨을 크게 한 번 쉬고 헛웃음을 한 번 웃는다) 지금 우리나라 국가 채무 비율이 48.4프로입니다. 추경을 편성하면 그걸 넘어설 위험이 있습니다. 지금 국회에 올라와 있는 추경 안에 대해서도 못 살피고 계시는군요.

전세금 빼서 배추 농사에 투자하랴

최고의원하면서 석사 받으랴

대출하랴

증여세 내랴

출판기념회 하랴

청문회 준비하랴

24시간도 모자라 황천길 넘나드는 심정이었을 것이다

어찌됐든 우리나라 예산이나 부채가 얼마인지

딱딱 바로바로 답을 못하는 것은

지켜보는 내내 안타까웠다

파면 팔수록 돈 얘기만 나와서 파파돈이다

배추도사다

배추총리 장농총리 스폰총리 스폰서 인생을 살아왔다

우기면 장땡이라는 선례를 남긴 총리

농림부 장관을 해라

야당과 유튜버들 비아냥도 있었다

야당은 자료를 내라

여당은 자료를 냈다

야당은 자료 받은 게 없다

김만석 후보는 내야 할 것 다 냈고

털린 만큼 털렸다고 생각한단다

증인 제로 무자료

무자격 총리 무자료 총리라고

결국 청문회는 파행되고

능력 검증 없는 청문회가 되었다

그렇게 의혹과 궁금증만 낳고

해소되지 못한 채 총리 인준이 되었다

본인의 말처럼 약자의 눈으로 미래를 보는

새벽 총리가 되십시오

그리고 대한민국 정부 예산을 모르는

장관 총리들이 꽤 많더군요

유명해져서 죄송합니다

유명해져서 죄송합니다

어디서 많이 들어본 멘트다

고 이주일 씨가 못생겨서 죄송하다고

본인 스스로를 낮추는 겸손함이었다

최동성 인사혁신처장이

요새 유명해서 죄송하다고

언론을 향한 비아냥이다

이재명 대통령이 주재한

첫 생중계 국무회의 토론장

최동성 처장이 유명해져서 죄송하다고

인트로 설명이 서울 대전 대구 부산 찍고 목포 유달

산 찍고

다시 여의도 대통령께서 결론만 얘기하라고

한방 날려부렀다

본인은 유머스러하게 잘 해보려는
의도였을 것이다

문재인 대통령 인사는 가장 멍청한 인사다
문재인은 국민이 겪고 있는 고통의 원천이다

이재명 대통령은 하늘이 낸 천재다
개혁신당 이준석 지지하는 2030은 고인물이다
일흔 넘어 공직 기웃거리는 것은 추하다
궁민의힘 김문수 후보를 지지하는 40프로가 우매하다
정치권을 넘어 국민을 우롱하는 멘트다

비난을 하더라도 나이와 외모를 비난하는 것은
분명 잘못이다
비하 발언 인물 비하 비속어 비하
여야 정치인들 공직자들 위안부 할머니까지
호두 까듯 모두 까기 발언을 해부렀다

막말 발언 논란에도

인사혁신처장이라는 동아줄 완장을 찼다

텔레비전을 보다가

국민 여러분 인사혁신처장 최동성 임명자 님 댁에
보일러 말고
텔레비전 한 대 놔드립시다
댁에 텔레비전이 없답니다

그리고 대통령님
혁신처장님 업무량 좀 줄여주십시오
바빠서 신문 읽을 시간이 없답니다

운명의 17분

꿈일 거야 꿈이라고

이건 분명 꿈이라고 믿고 싶다

오색찬란한 무대조명이 꺼지고

황금 왕리본 황금 구두가 음악과 함께

그녀의 손에서 스르륵 미끄러진다

소쿠리 같은 선과 악이 넘나드는

30일간의 설렘

그리고 운명의 17분

7월 21일 자진사퇴할 거라고

나는 짐작했다

2년 동안 보좌진 26명 교체

전 여가부 예산 삭감하기

이삿날 보좌진 동원시키기

화장실 변기 노즐 보좌관 시켜 고치기

집에 쓰레기 국회로 가져와

보좌진에게 분리수거 시키기

남자 보좌관 이런 거는 군대에서도 안 해봤단다

남사 보좌관도 남의 집 귀한 자식이거늘

여의도 앞 대나무 숲에서 갑질 전화가

고구마 줄기에서 고구마 쏟아지듯

팡파레 터지듯 팡팡 터져 나온다

술 마시고 보좌관 부르기

임금체불에 간호사 울리기

겸임교수 시절 무단결근하기

보좌관 일한 곳에 쓰지 말라고 험담하기

보좌관을 도를 넘는 갑질로 집사처럼 부려드셔 부

럿네

원내 지도부만 빼고 지명 철회하란다

민심을 거역해서는 안 된다

지역 민심이 심상치 않다

대통령실도 모르지 않을 것이다

민주당 몇몇 의원들이 입을 모은다

보좌진협의회 여성단체 참여연대 강성우 자진사퇴
요구

웬만하면 현역의원인지라 통과를 시켜주기도 한다
는 구만

2005년 인사청문회제도 도입 후

현역의원 첫 장관 후보 낙마라는 선례를 남기고

2005년 7월 23일 오후 3시 37분에

마지막 고지를 넘지 못하고

나비처럼 사뿐히 날아갔다

강성우 의원님 지지자분들 말처럼

보란 듯이 일어서시고

본인 말처럼 성찰하며 사시고

나라를 위해 좋은 일 할 기회가 있을 겁니다

강성우 의원님 본인이 가지고 있는 빛과 능력이

사라질 뻔했어요

국민의 한 사람으로서 지켜보는 저도

쉽지 않았습니다

고 장제원 국회의원

2025.4.1. 만우절 아침 뉴스
강동구 한 오피스텔에서 국회의원 장제원 숨진 채
발견
만우절이긴 하나
설마 텔레비전 뉴스에서 거짓 보도를 할리 없다

10년 전 부하 여직원 성폭행
가해자 장제원은 잘 마무리된 것으로 알고 있었는데
마녀사냥이라고 억울하단다

정치인들 성폭행 사건이
심심찮게 터져 나온다

그 대가는 처참하고 패가망신이다
아침저녁으로 5사 방송 뉴스 신문매체 유튜브까지
하지도 않은 누명까지 억울하기도 할 것이다
그러니 수치감에 극단적인 선택

요즘 유튜브 방송에서

장재원 의원 노래했던 영상이 많이 나온다

그중 별빛 같은 '나의 사랑아'를 부르기 전

사랑하는 본인 아버지께 바치는 노래란다

아마 정치를 하지 않았으면

가수를 했어도 좋았겠다는 생각이다

상대가 원치 않는 성행위는 분명 잘못이다

벌받아 마땅하다

장재원 의원을 두둔하자는 것이 아니니

오해 없길 바란다

죄를 지었으면 죗값 치르고

용서받고 참회하고 다시 태어나는

그런 선택을 했으면 좋겠다는 생각이다

근친상간을 저지르고도 들키지 않았다는 이유로

오리발에 죄를 인정하지 않고

잘 버티고 있는 짐승만도 못한 자들도 있다

당신의 명복을 빕니다

편히 잠드소서

정치는 파도타기

김치찌개 끓이는 것은 참 쉬웠는데

계란말이 하는 것은 참 쉬웠는데

그녀를 위해서 밥도 잘 했는데

예능방송도 잘 했는데

아메리칸 파이 노래도 잘 불렀는데

영어도 잘 했는데

범인도 잘 잡고 수사도 잘 했는데

파도타기는 너무 어려웠어

정치는 파도타기야

사람이 어떻게 그럴 수 있었어요

쪼만한 파우치에서

눈송이 나토 3종 세트

황금거북이 황금돼지

그리고 은팔찌

자리 탓일까요

본인 의지 탓일까요

이 나라 시스템 탓일까요

밝혀진 것만

열여섯 개 죄명이라니요

본인 정신으로 세상을 산 건 맞습니까

나는 그것이 궁금하오

선하고 똑똑한 국민들 상실감

또 어쩌란 말이오

권력에 취한 걸음걸이인가

뽀얀 쌀뜨물에 취한 걸음걸이인가
반성이라도 하는 걸음걸이인가
화장기 없는 얼굴에 검은 정장을 입고
일일초 꽃잎처럼 한들한들 휘청휘청
병풍걸음을 걷는다

결국 희고 고운 팽귄 발목에
얼음처럼 차고 썰렁한 나침반 같은
족쇄가 채워졌다

생태균의 조작 없는 여론조사

살아가면서 가장 후회되는 일이 무엇입니까?

고, 전현 대통령 포함: 대한민국 대통령으로서 국민들에게 인정만 받고 존경받지 못했던 게 가장 후회됩니다

전현, 장관, 국회의원, 정치인 포함: 초심 잃고 실수로 감옥에 다녀온 일입니다. 땅을 치고 후회합니다

50~60세 미혼남녀: 다시 태어나면 결혼 두서너 번 해볼 생각입니다

70~80세 남녀: 다시 태어나면 더 많은 도전을 할 겁니다

팝핀 현준 애리 부부: 예술이 동생이 없는 게 많이

아쉽습니다

김부자: 열심히 띰 흘렀던 게 가상 원뵹합니다

손정아

눈꽃 젤리 다육이 같은 여자

들꽃처럼 자세히 보아야 빛이 나는 여자

보수의 꽃 정의의 꽃 선거의 여왕

애국자 손정아 여신

육모방망이 삼단봉 막춤을 추듯

갈팡질팡 재주넘고 호루라기 소리

폭풍처럼 몰아치는 매캐한 광화문

총성 없는 전쟁터 목숨을 내놓고

대한민국 만세 대한민국 파이팅

민주주의를 외치는 눈꽃 젤리

몸싸움 기싸움 분쟁 주장 서로 다른

정체성에 형제이기를 서로 거부한다

평생을 보수에 몸 바쳐 온

그녀의 열정 그녀의 뜨거운 심장 뛰는 소리

광화문에 울려 퍼진다

사필귀정 2

연지 찍고

곤지 찍고

형시 누나 씩고

훙식이 형 찍고

남꾹 사표 찍고

눈도장 슬쩍 찍고

분 바르고 가면 쓰고

만사 통과

아빠한테는 처제 나한테는 이모

주사이모

주방이모

친이모

저모 고모 이모

이모 씨를 이모로

착각하여 없는 이모

청문회까지 등장한 이모

근친상간한 몹쓸 이모

설문조사

젊어 이웃들에게 배려하고 양보하고

박사 사위 박사 며느리 보게 힘써 주고

싱간녀에게 집 사주고 조건 없이 베푼

쑥맥불변 용감이

요즘에 이런 용감이 없죠

정작 본인 배우자는 이유 없이 멸시하고

소홀하고 상처만 준

숙맥불변 용감이

이제는 늙어 혼자 쪽방 지키는

숙맥불변 용감이

이 용감이는 어떤 남자일까요?

인격자다 □

바보다 □

잘 모르겠다 □

나한테만 헷갈리는 것

죽방멸치

일반 멸치

돌문어

피문어

LDL

HDL

호메로스

호라티우스

조갑제

정규재

나 이런

3부

여의도에 뜬 맑은 바람

11월

무거운 침묵만 흐른다

떠날 수도

미워할 수도

어쩌지도 못하는

정박된 빈 의자 같은

잘 단련된 60대도

주눅이 들어 방황하는

된장을 푼 물에

떫은 감 울구듯

산짐승도 처녀도 아닌

모질게만 느껴지는 11월

11월은

응급실 같은 팔부능선

K-정치를 부탁하오

K-팝

K-푸드

K-한류

K-스포츠

K-영화

K-문화는 지금 잘 돌아가고 있다오

각 분야에서 관계자들이 달려라 하니처럼

잘 달리고 있다오

세탁기는 물 없어도 잘 돌아가고

냉장고는 며느리 없이도 씽씽 쌩쌩

귀신처럼 잘 돌아가고 있다오

대한민국에는 정치만 잘 돌아가면 된다고

전하오

K-민주주의만 이루어지면 된다오

K-정치를 부탁하오

금배지를 지켜라

법을 어기고

거짓말은 한 번 할 때마다 마일리지가 쌓이듯

왼쪽 옷깃에 금배지 무궁화 꽃잎이

야금야금 촛물 녹듯 녹아내린다

AI 정책 효과 백만 프로 억만 프로

소나기 정치 끝

김삿갓이 하는 AI 정치 미래정치

진실의 정치

다시 보릿고개 정치

세계에서 가장 깨끗한 나라

세계에서 가장 부유한 나라

대한민국 만세 서울 코리아 만세

폭동과 폭언의 관계 걷히고

아이들이 맘껏 뛰어노는 광화문 광장

얼마나 자랑스러운 자리에 계십니까

국민들 존경 좀 받으세요

배지를 남용하지 마세요

배지를 잘 지키세요

촉법시인

문옥이(초등학교 동창) : 밥 한번 사라이?

부자 : 돈 없단께.

문옥이 : 책 안 팔리냐이?

부자 : 징하게 안 팔린당께.

문옥이 : 너 안 팔리는 시 계속 쓰면 순사 나으리가

　　　　잡아가.

부자 : 괜찮혀, 나는 예방주사 쎈 것으로 3차 W로 맞

　　　은 촉법시인이랑께.

유학에서 돌아온 김삿갓

전공은 AI

백년의 긴 유학을 마치고

중절모의 국회의사봉 같은 정치키트기를 들었다

의사 왕진 오듯 여의도에 짠하고 야심차게 나타난

23대 초선 국회의원 삿갓오빠

전철노선 같은 3선 5선 6선 중진 선후배

여야의원들이 서로 깨끗하다고 말싸움

배치기 몸싸움

극단의 정치를 하고 있다

죽장에 삿갓 눌러쓴 채

허기진 오장육부로 시를 지어주고

유리걸식했던 백년 전에 먹었던

묵은 똥물까지 토해낸다

전과자 정치인이 이렇게 많다는 게

하나의 사건이 되어버린

요즘 극단의 정치판

지들남불 정치관

위법을 위법이라고 말을 못 하는 범죄자들이

정치리더가 되어버린

극단의 정치판

지들남불 정치판

정치키트기로 전과자를 색출해 내니

감옥에 방이 모자라고

모두가 특검감이네

청문회 짜맞추기 답변 하느라

아는 것도 잊어버려

상식적인 답변도 못하는 총리 장관 후보자들

삿갓오빠가 펼치는

제5의 정치

AI 정치

맑은 정치

바른 정치

청년들이 꿈꾸는 정치

모두가 잘 사는 정치

파랑새가 노래하고

아이들이 분홍웃음을 웃는다

벼슬아치의 눈에는

여자 국회의원이 10월 18일
국정감사 기간에 국회 사랑재에서
본인 딸 호화 결혼식을 올렸다

야당에서 과학기술정보방송통신 위원장직을
사퇴하라고 촉구

여당 수석대변인은
죄 없는 사람은 돌을 던지라고 감쌌다

벼슬아치들 눈에는
돌커녕 자갈도 공깃돌도 안 보일 것이다

국민들이 던진 비난의 꽃다발로
63빌딩 63동은 세울 것이요

인과응보

억울하면 재심 신청해라

사면이 아니라 탈옥이다

반성부터 해라

아직도 동문서답하냐

양심이 있다면 정치하지 마라

2030들은 등을 돌렸다

그리고 대통령 지지율 하락

일부 정치인들 비아냥거리는 소리다

2025.8.15.

광복절 새살이 돋아난지 80주년

수감된 지 8개월 만에

조국혁신당 조국 대표 석방

너를 보낸 역사는

1.8평 액자 속에 갇혀

속옷 바람으로 롤러코스터를 타고

너는 역사 속 액자 찢고 나와

보란 듯이 새살처럼 붉다

요즘에는 악업을 쌓으면

본인이 직접 받는다는 것을

보여주기라도 하듯

지는 꽃 피는 꽃

이럴 때 인과응보라고 했던가

또 어떤 오월동주 같은 사건들이 펼쳐질지

첩도 모르는 일

억울한 부분도 있다

인생사 야옹지마라고

국민들 사랑도 많이 받았다

저는 그대가 정치할 거라는 걸 알죠

이제는 제5의 정치

진실의 정치를 할 때다

그대는 용서받은 자다

날개 달린 된장찌개

자숙해라 소탐대실이다

겸허히 받아들여라

일부 정치인들 비아냥이다

사면 후 올린 된장찌개 사진이

날개를 달고 구름을 타고 광폭행이다

내 눈에는

요즘 날씨처럼 따끈따끈하고

조강지처 같은 청국장으로 보이드만

은팔찌를 차고 먹든

금팔찌를 차고 먹든

북극에서 먹든

남극에서 먹든

장소가 뭐 그리 중요할까

된장찌개처럼 구수하고

김치찌개처럼 시원하고

청국장 같은 정치

조강지처 같은 정치할 때다

조선 제일 전략가와 캐비닛

조선 제일의 전략가: 2025.6.3. 훈장 선거에서 얼떨결
에 내가 일등을 하고 신분 상승 했잖아요 저
정말 잘 하고 싶은데 잘할 수 있는데 임기는
다 채울 수 있을지 끝까지 살아는 남을지 엄
청 불안해요.
어제는 길몽 오늘은 악몽 또 내일은 악몽 길
몽 비몽사몽입니다.

캐비닛: 뭐가 그리 불안해요?

조선 제일의 전략가: 내가 본의 아니게 법을 위반했
으니 사법 리스크가 있잖아요.

캐비닛: 당신 사법리스크 있다는 것 꽃도 알고 새도
알고 신도 알고 전 세계가 다 알잖아요.
당신 말대로 땡 잡았으니 지금이라도
법과 원칙으로 헌법을 존중하고 진심으로

마음을 다 바쳐 천심으로 돌아가 막내 보좌관

심정으로 일해보세요.

모든 일은 당신 하기에 달려 있잖아요.

전국에 영미님들

수능 앞둔 고3 영미들
수능 대박 나서 원하는 대학에 척척 간다오
걱정 말고 열공들 하시오

직장에 다니는 영미들
차기 대통령 삼신할매가 정치를 잘해서
경제성장 쑥쑥 보너스 빵빵 연봉 빵빵

노처녀 영미들 박보검 같은 멋진 남자 만나
결혼해 아들딸 많이 낳아
나라에 애국하면 어때요
삼신할매 대통령이 아이들 대학까지
무상교육해 준다네요

주부 영미들
덕에 결혼은 꿈도 안 꾸는
사랑니 같은 아들딸 한 명씩 있지요

내년에는 묻지도 따지지도 않고 결혼할 것이니
너무 다그치지 마시오

할머니 영미들
늘어나는 주름살에
관절염 치매 걱정 몸 따로 마음 따로
따로 국밥이죠
내 시집 읽고 100세까지 고고

아참 삼신할매
본명도 영미라죠
삼신할매는 여가부 장관 후보 거절하고
차기 대통령에 당선

그리고 전국의 영미들
내년에는 로또에 당첨될 거예요

전국에 영식님들

30대 영식이 졸업 후

군대 전역하고 어렵게 취직했지만

회사가 성장해야 본인도 성장

부담 백배 데이트하랴 결혼은 할 수 있을까

고민되죠

너무 걱정 말아요

젊잖아요

40대 영식이 상사 비위 맞추기

신입 직원은 어찌나 약삭빠른지 감당이 안 되고

집에서는 마누라 눈치 보기

잦은 술 약속 건강도 챙겨야지

여가시간도 가져야지

짬이 안 나네

50대 영식이

영끌해서 아파트 투자했으니

생활비 자녀 학비 융자 낸 것 이자
허리띠 바짝 졸라매니 밤잠 설치시죠

60대 영식이
마누라 외출할 때 몇 시에 들어오냐고 물어보는
간 큰 남자 되지 않기
삼시세끼 집에서 밥 먹는 삼식이 되지 않기
나 이런
순응하며 살아가는 내 친구 영식이
종합병원 퇴임하고 일반 병원 영상의학과 근무
건강에 심각성을 잘 알기에
건강 챙기라고 잔소리다

70대 영식님들
그동안 고생 많으셨으니
입에 당기는 음식 드시고
운동하시고 행복하기

전국에 영식님들

내년에는 분명 다 잘될 거예요

더욱더 힘내세요

멀미하는 관봉권 띠지

띠 지: 안녕하세요, 양희은 가수님.

양희은: 어, 그래, 너 첨 보는데. 넌 이름이 뭐니?

띠 지: 저는 관봉권 띠지라고 합니다.

　　　근대 요즘 이곳저곳 수사 피해 다니느라

　　　팔자에 없는 멀미를 하고 있어요.

양희은: 여 수사관 두 명이 너 때문에 띠지 자매

　　　띠지 걸스 별명을 얻고 핫한 인물이 됐어.

부 자: 국회 청문회에 나온 여수사관 얼굴 표정이

　　　금방이라도 엄마를 찾으며 사실은요 하면서

　　　울음을 터트릴 것만 같은 일곱 살배기처럼

　　　아슬아슬.

　　　드론을 탄 고추잠자리 사필귀정 사필귀정

　　　날개를 비비며 여의도 섬을 순찰한다.

띠 지: 아, 글씨 저승사자 같은 비읍 시옷들이 정의

　　　로운 척하며 나를 찾느라 특검을 한다네요.

　　　누가 누굴 특검한다는 건지 이런 비읍 시옷들.

양희은: 아, 글씨 너 정말 살아는 있는 거야?

꽈방위 밥사위 폭주

요즘 여야 국회의원들이

별냄새가 나는 시퍼런 선무당 같은 칼을

입안에 하나씩 물고

극단의 정치

소나기 정치를 하고 있다

광화문에 세종대왕이 구릿빛 갑옷 벗어던지고

회초리 대신

몽둥이 대신

빠루 대신

야구방망이를 들어부렀다

이제는 정치도

본인들 자식 키우듯

가슴으로 해야 합니다

희망

꿈도 도전이고

도전하면 잘 이루어진다

희망은 기회의 여신처럼 대머리라서

좀처럼 잡히지 않는다

희망은 너를 살게 하고

너를 꿈꾸게 한다

희망이 없는 사람은

두근거림이 없는 깊은 골짜기에서

홀로 허기를 느끼는 것과 같다

희망이 있으면 반드시 살아남는다

청년들이여 희망을 꿈꾸라

청년들이여 도전하라

대한민국의 가을 하늘은

파란 모자를 살짝 걸치고

양떼구름 가족 쪽빛 열차 타고 바람에 실려

서쪽으로 나들이 간다

흰 헝겊 같은 뭉게구름 새털구름 실구름 함께 모여

고양이 형상

부케 든 신부 형상

연고 없는 무덤들

한반도 형상

척척 만들어 낸다

헤라의 저주로 메아리가 된 구름 요정

나르시스와의 슬픈 전설이 된 수선화

구름 꽃이 되었다 흩어지고

구름 쌀밥이 되었다 사라지고

바람이 부는 대로 붓 가는 대로 수놓는다

벽계천과 파란 허공에 흰 구름

오작교를 놓아 희망을 배달한다

청년들의 꿈을 배달한다

나는 잠자는 공주가 아니요 심사임당이오

신사임당: 계슈?

　　부자: 뉘시오?

신사임당: 율곡이이 모친 신사임당이오.

　　부자: 청년들 대신 율곡 이이가 애국하느라 늦둥이를 출산했다면서요?

신사임당: 엄정한 심사를 거처 5만 원권 모델로 선정해 준 것은 고마운 일이요. 하지만 개념 없이 욕망에 눈먼 일부 정치인들 툭하면 쇼핑백에 쑤셔 넣고, 차 트렁크에 슬쩍 짱박기, 눅눅한 장롱 속, 땅속 김장독, 천정 환풍기 통에 처박아 놓고 잠만 제우는 지 화가 난다우. 나는 잠자는 공주가 아니요. 내가 제 기능을 다 할 수 있도록 작동을 시키시오. 초상권 침해라고 고소라도 하고 싶소이다. 인간들이 내게 미처 나를 지배하고 패가망신하고 화를 입는 거지. 나의 도움이 절실한 곳에서 맡은 바 소임을 다하며 일하고 싶소이다.

4부

바보 시인이 수놓은 편지

바보 1

내가 바보란 걸

구름도 알고

바람도 알고

지렁이도 안다우

그래서 가정의 여신 헤라에게

살짝 물어봤다우

변신의 귀재

불륜의 귀재

제우스 질투하느라

태교할 시간도 없이

하루도 편할 날이 없수다

난 또다시 헷갈리오

시를 다시는 안 쓰겠다고

다짐하고

또 시를 쓰고 있으니

바보 맞소

난 다시

바보가 되기로 했다우

바보 2

보고 죽자 해도

햇빛 한 줌 안 보인다

버려진 굶주린 들개들만

으르렁으르렁

250.51 km 칠흑 같은 터널 속

너 왜 여기 있어

요기는 했냐

너 같은 무공해 바보가 여기 있으면 안 돼

빨리 나와

내 손 잡아

바보 바보 이 바보야

바보 3

너 새똥이 파리똥이 멸치똥이 단무지가

시간이 멸시하고 시기해서

견디기 힘들었지

네

너는 그래도 질투할 가치가

있다는 거야

바퀴벌레도 모기도 지나가던 푸들도

시간도 나에게는 아무 관심 없었어

바보 4

너는 용문산 은행나무처럼

잘 늙어 가는데

나는 동지섣달 월동배추마냥

잘 안 늙는다

나도 너처럼 무럭무럭

잘 늙고 싶다

바보 5

너 요즘 안 울드라
신발이 아직도 젖어있는데

눈물이 나질 않아요
그래서 가슴으로만 울어요

목발 같은 너의 창자 다 녹는다
궤짝 같은 비싼 눈물 그만 흘려라

바보 6

너 괜찮은 바본데
세상이 몰라주지

네

너 쓸만한 바본데
세상이 몰라주지

네

그게 인생이야
사막 같은 계절의 불빛이
필요한 거라고

바보 7

너를 보면 눈물이 나

행복해서

너는 낭떠러지에 우뚝 서 있는

앙상한 이름 없는 분재 같아

너는 쇠비름 잡초 같아

너는 아카시아나무 뿌리 같아

너를 힘들게 하는 것도 너

너를 웃게 하는 것도 너

너를 키운 아홉은

전설의 고향이었어

너는 꽃잎처럼 하얗게 부서졌고

꽃송이에 맺힌 아침이슬이

아직 마르지 않았어

인간

신으로부터 가장 많은 혜택을 받은 게

우리 인간이다

오장육부라는 여섯 개의 복주머니를

선물로 받고 태어났다

그럼에도

가장 많은 죄를 짓는다

욕심 시기 질투라는

과욕의 주머니 하나씩

스스로 만들어

마음속에 꿰 찾기 때문이다

나 망하고 돌아왔다

이혼이라는 벼슬을 하고

내 프롤로그에 차질이 생겨

초등학교 동창 모임을 불참하다

10년 만에 다시 나갔다

첫 인사가

"나 망하고 돌아왔다"고 했더니

친구들이 모두 배꼽을 잡는다

코찔찔이 동필이는 강력계 형사를 퇴임

진우는 대학교수

종성이 미애 정자는 대기업 퇴임

승철이는 호텔 사업가

민식이는 정형외과 의사

문옥이는 아파트 관리소장

진숙이는 초등학교 교장으로 퇴임

영순이는 요양보호사

준호와 태린이는 부산 다대포 대각사 부부 법사님

혜원 전 법사님 법해 전 법사님

성불하소서 성불하소서

각자의 위치에서 빛을 발하는 내 동무들

내 동무들 중 정치하는 동무 없어 다행일세

이런 생각

수갑을 찾으니 머리를 삭발하고

잠옷처럼 편안한 파자마 같은 고무줄 바지와

구두대신 편안한 고무신을 내어준다

혹 범인이 도망을 쳤을 때

눈에 띄게 하려는 목적이 있을 것이다

어쨌거나 그런 편안한 복장은

법이 마련한 작은 배려라고 치자

사기꾼들과 정치인들이

법의 심판을 가장 많이 받는다

그들은 정장을 즐겨 입는다

그들이 즐겨 입는 정장처럼

범인에게 수갑을 채우고

정장을 입히고

굽이 높은 구두를 신게 하고
여자 범인도 머리를 삭발하면
범죄가 좀 줄어들까

꼭 나 같은 생각을 해본다
나 이런

정문득 시를 흉내 내보다

벚꽃 눈발처럼 휘날리는

달빛 아름다운 봄밤

새하얀 꽃물결 따라 홀로 걷는다

만나고 반기며 웃음 짓는 무리들의

즐거운 비명소리

사랑과 정이 익어가는

꽃 익는 향기로운 봄밤

휘영청 달 밝은 밤

달빛 어린 불광천 꽃길에

짝 없이 외로운 건

달과 나와 그림자 셋뿐

달은 원래 말이 없고

그림자는 내 주변만 맴돌지만

달과 그림자를 친구 한 것은

이 봄이 떠나기 전

잠시나마

정문득 시인의 흉내를 내어본다

사월의 꽃들

당신을 보면 눈물이 난다오

꽃이라는 글자만 봐도 눈물이 난다오

어떤 이는 당신을 보면

누군가와 화해하고 싶다고 하더이다

어떤 이는 당신을 보면

원수를 용서하고 싶다고 하더이다

시인이 아닌 사람도 당신을 보면

달달한 시구가 떠올라 시 한 편 뚝딱

어느 유명한 시인은

흐드러지게 정신 줄 놓고 있는 당신을 보면

마음이 허기진다고 하더이다

궁색한 시인들의 여백을

꽉꽉 메꾸어주는

시인들의 사랑을 독차지하는 당신은 꽃

삶에 지친 여자

사랑에 실패한 여자가 당신을 머리에 꽂으면

천국과 지옥을 넘나드는

특혜를 누리기도 하지요

돈만큼 힘이 센 당신도

라이벌이 있습니까

10년째 배우는 기타

기타 배운 지가 10년이 되었는데도

한 곡도 매끄럽게 못 친다

길동 생태공원 앞 정자

허브공원에서 용기를 내어 가끔 친다

대부분 그냥 지나 지치만

가끔 엄지척하며 지나가는 사람도 있고

예닐곱 살로 보이는 아이들은

꼭 가까이 와서 유심히 쳐다보며

엄청 신기해한다

그럴 때마다 아이들 꿈 하나가 사라질까

걱정되고 부끄럽다

언젠가 허브공원에서

사랑의 트위스트를 내 멋대로 치고 있는데

어떤 남자분이 1만 원짜리 한 장을 주고 갔다

나 이런

어제 나는 나비를 치고 있었는데

젊은 아빠와 아이가 듣다가

잘 익은 붉은 사과를 한 개 불쑥 내밀었다

나는 민망하여 그 아이에게

용돈 만 원을 불쑥 내밀었다

아이들아

기타 연주는 멋진 것이란다

캣맘 김연정 씨 부부

길동 생태공원 정자에서

내가 기타 연습을 하고 있으면

그녀는 남편과 매일

고양이 가족에게 줄 먹이를 챙겨준다

새끼 네 마리

엄마 아빠 여섯 식구

내가 기타를 치면 코코는 허리를 길게 빼고

꼬리를 흔들며 춤을 춘다

8년 전 직접 키우던 강아지를

일자산에 묻어주고 오는 길에

고양이를 만나면서 캣맘이 되었다는

간호조무사 김연경 씨

8년 동안 일자산 고양이들에게

비와 추위를 피할 수 있게 집을 지어주고

먹이는 물론

예방접종까지 완벽하게 제공해 준다고 한다

생태공원 아홉 군데 고양이 가족들을

자비로 보살펴 주는

애민정신이 남다른 연경 씨 부부

아무나 할 수 없는 일에

가끔 좋은 일 한다고

만 원 이만 원 후원도 해주고

칭찬도 아끼지 않는단다

멋진 연경 씨 부부

파이팅

어떤 할머니 얘기

얘기할 때 앞니가 하나밖에 안 보인다

꼭 전원주 배우를 보는 듯

야물딱시럽게 생기셨다

나이는 78세 김순분 할매

6개월째 도서관 휴게소에서

김밥이나 라면

간단한 음료로 식사를 하신다

80세 된 남편이

여자를 집으로 불러들이는 바람에

집에를 못 들어간다는 구만

딸이 하나 있는데

딸 집으로 가면 어떻겠냐고 물으니

딸도 여의치가 않은 모양이다

집으로 여자를 불러들이는 할아버지나

부른다고 집으로 오는 여자나

그럴만한 사정이 있을 거라고

이해를 해야 하나

비난을 해야 하나

우리가 상상할 수 없는

엄청난 일들이 많이 일어나고 있는

일 중에 하나다

말을 할 수 있고

눈코입이 달린 사람이 하는

행동이다

시 이야기

시가 시들어서 도자기에

날콩 같은 시간을 부셔 넣고

바람을 넣고

너의 슬픈 절정을 넣고

베이킹 소다를 살짝 뿌려서 꽂아 놨다우

기름종이에 잘 싸

남향 너의 창문 앞

땅을 조금 파고 묻어놨다우

오색실로 잘 묶어

부산 다대포 대각사 부연에

풍경처럼 거꾸로 매달아놨다우

바람이 촛불을 톱질할 때마다

좋아요 구독 맞춤 설정 뎅뎅

구독 좋아요 알림 설정 뎅뎅

여러분의 관심은

시도 춤추게 한다우

가을 편지

가을 하늘이 저리 높고

눈이 부시도록 푸른 것은

암울했던 시대 역사에 빼앗긴

당신의 붉은 미소 때문이오

가을 하늘이 저리 높고

눈물 나게 멋진 것은

못다 태운

당신의 뜨거운 심장 때문이오

가을 하늘이 저리 높고

허기지게 아름다운 것은

당신 가슴에 든 파란 잉크 자국이오

그런 당신이 거기 있기 때문이요

세종대왕 X 10 = ☐

율곡 이이 X 10 = ☐

신사임당 X 10 = [   ]

퇴계 이황 X 10 = [   ]

이순신 장군 X 10 = [   ]

오늘 계좌이체했어요

대포 사드세요

시인 천상병 선생님

나도 좋은 시 쓰고 싶다

달이 뜨는 소리처럼 포근한 시

윤슬 방울처럼 영롱한 시

옹기 항아리 숨소리처럼 그리운 시

백자 달항아리처럼 편안한 시

누가 읽어도 다정한 시

소눈처럼 선한 시

아이 눈처럼 예쁜 시

천사의 미소처럼 고운 시

숫눈처럼 경이로운 시

누가 읽어도 행복한 시

별처럼 빛나는 시

달처럼 맑은 시

공작처럼 아름다운 시

솜사탕처럼 달달한 시

별처럼 빛나는 시

달처럼 밝은 시

누가 읽어도 위로받는 시

바람 같은 구름 같은 꽃 같은

풀 같은 오대 영양소 같은 절대 시

시에서 물소리가 나고

해금 연주 소리가 들리고

좋은 시는 나태주 선생님이 다 써서

나는 쓸 게 없네요

정치현실에 대한
직간접적 비판과 자기투영

공 광 규 시인

정치현실에 대한
직간접적 비판과 자기투영

공 광 규 시인

1.

김부자의 시들은 대한민국의 현실정치를 직설적이거나 간접적으로 비판하거나 자기를 투영한다. 아마도 현재 대한민국 문단에서 현실정치 비판을 김부자만큼 용감하고 지속적으로 시도하는 시인은 없을 것이다. 시인이 현실 정치에 비판의 목소리를 내는 것은 역사적으로나 문학사적으로 매우 중요한 논쟁거리이자 전통이었다. 시인은 단순히 아름다운 문장을 만드는 기술자가 아니라, 언어를 통해 세계를 해석하고 그 모순을 드러내는 존재이기 때문이다.

문인의 사회정치적 비판에 대한 논의들을 정리하면, 첫째가 현실정치 비판의 당위성일 것이다. 시인을 포함한 문인은 시대의 양심이자 기록자(Witness)이다. 자신이 살고 있는 시대의 공기를 가장 민감하게 호흡하는 사람이다. 정치가 권력의 논리로 흐를 때, 시인은 소외된 자들의 목소리를 대변하고 기록함으로써 권력을 감시하고 역사의 왜곡을 막는 역할을 한다.

둘째는 언어의 순결성 수호다. 정치는 종종 선전(Propaganda)과 선동을 위해 언어를 오염시킨다. 조지 오웰이 지적했듯, 부패한 정치는 부패한 언어를 사용한다. 시인은 정확하고 진실된 언어를 사용함으로써 대중이 정치적 기만에 빠지지 않도록 깨우치는 역할을 수행한다.

셋째는 보편적 인권과 가치의 옹호다. 정치는 집단의 이익을 우선시할 때가 많다. 그러나 문학은 개인의 존엄성과 보편적 정의에 집중한다. 정치가 도덕적 한계를 넘어서거나 폭력성을 띨 때, 문학은 그것이 왜 잘못되었는지를 서정적, 서사적으로 증명하며 사회의 도덕적 나침반이 되어 준다.

2.

김부자는 자신의 이야기를 쓴 연작시 「바보 1」에서 「바보 7」까지, 그리고 시 「10년째 배우는 기타」를 읽어

보면 시인의 '바보스럽고 착한' 그리고 경우가 바른 심성이 만져진다. 10년 동안 기타를 배우는 지속성은 그의 예술에 대한 끈기를 암시한다. 시인은 동네 공원 앞 정자에서 기타를 연주하고 있다. 사람들이 지나다가 환호를 하거나 만 원짜리 지폐를 건네주는 경우도 있다. 공원 분위기를 다채롭게 고양시키는 기타 연주에 대한 응원인 것이다.

어느 날은 어린아이가 다가와 잘 익은 붉은 사과를 내밀자, 시인은 이전에 지나가던 남자가 주고 간 1만 원을 어린이에게 불쑥 내밀어 준다. 또 생태공원에서 길고양이에게 먹이를 챙겨주는 캣맘 부부를 다정하고 온화한 시선으로 바라보고 진술한다.(「캣맘 김연정 씨 부부」) 이런 선하고 바른 경우를 가진 시인은 아래와 같은 내용의 시를 쓰고 싶다고 한다.

달이 뜨는 소리처럼 포근한 시

윤슬 방울처럼 영롱한 시

옹기 항아리 숨소리처럼 그리운 시

백자 달항아리처럼 편안한 시

누가 읽어도 다정한 시

　　　　　　　　　　　　－「나도 좋은 시를 쓰고 싶다」 부분

시인은 포근한 시, 영롱한 시, 그리운 시, 다정한 시만 시를 쓰고, 선한 시, 예쁜 시, 고운 시, 경이로운 시, 행복한 시를 쓰고 싶다고 한다. 그러나 세상만사에는 포근하고 다정한 일만 있는 게 아니다. 눈앞에 펼쳐지는 현실 정치의 실상은 선하지도 않고 정치인은 대부분 정의롭지 않다. 김부자는 정치와 인물들이 바르지 않은 방향으로 것을 그냥 두고 보지 않는다.

그는 〈시인의 말〉에서 "본인들이 만든 법을 본인들이 위반하는 정치인들이 꽤 있죠. 억울하다고, 왜 우리 부부만 갖고 그러냐고, 왜 우리 당만 갖고 그러냐고, 목에 핏대를 세우다가 법적 처벌을 받는 것은 물론 그들의 민낯을 보게 되더군요."라고 한다. 결국 시인은 이런 정치적 사건의 민낯을 직접 비판하기에 나선다.

2025년 4월 4일

을사년 사시 오전 11시 22분

헌재 재판관 전원일치 8대0으로

헌정 사상 두 번째로 탄핵 파면된 윤석열 대통령

탄핵 인용 결정

기뻐서 눈물 흘리는 쪽

받아들일 수 없다며 망연자실하여

오열하는 쪽

4월 4일 을사년 뱀사 뱀시

4가 네 번 겹쳐서 탄핵이란다

그러나 죽을 사는 하나도 없다

어찌됐든 국민들이 선택한 대통령이

국민들 손에 탄핵되었다

역사적인 비극이다

- 「탄핵 판결」 부분

시인이 언급한 날짜인 2025년 4월 4일, 정치 경험 없이 당선되어 무리한 정치를 하던 윤석열 대통령은 탄핵되었다. 그의 탄핵 원인은 비상계엄 선포였다. 비상계엄은 국민을 공포로 몰아넣었다. 비상계엄 선포의 핵심 원인은 자신의 통치권 위기로 요약할 수 있다. 정치적 조정 능력이 없는 대통령의 행실은 행정부와 입법부의 극한 대립을 가져왔다.

비상계엄 당일 밤, 대통령은 선포 담화문을 통해 다음과 같은 이유를 들었다. 첫째가 입법 독주 저지였다.

야당의 잇따른 장관·검사 탄핵 소추와 예산안 단독 처리로 인해 국가 행정이 마비되었다고 주장했다. 그다음이 종북 세력 척결이었다. 야당과 반국가 세력이 체제 전복을 기도하고 있어, 헌정 질서를 수호하기 위해 계엄이 불가피하다는 논리를 내세웠다. 남북 적대적 상황에서 역대 대통령들이 정적을 없애는데 가장 좋은 처방이 종북 몰이였다.

그리고 사법 리스크 대응이었다. 대통령 본인과 주변인을 향한 특검 압박 등 정치적 곤경을 타개하기 위한 국면 전환용 카드로 비상계엄을 한 것이다. 결과적으로 이 계엄은 절차적·내용적 요건을 갖추지 못해 위헌적 행위로 규정되어 탄핵 사유의 핵심이 되었다. 그리고 탄핵되어 감옥으로 갔다.

시인은 "어찌됐든 국민들이 선택한 대통령이/ 국민들 손에 탄핵되었다/ 역사적인 비극이다"며, 이미 앞서 다른 시집들에서 당부하고 언급했듯 "기도하는 마음으로 시를 써가며/ 정치 잘해 달라고 부탁했거늘/ 내 기도가 헛되었소이다"라며 한탄한다. 자신이 아이의 엄마인 시인은 감옥에 간 대통령 엄마의 입장에서 「작약의 읍혈록」을 쓰기도 한다.

눈코입이 뭉개진 곤룡포여

1.8평 콘크리트 독방에 갖힌 곤룡포여

욕망의 어기진 사내처럼 구겨진 태극기여

못다 부른 애국가여

못다 핀 무궁화여

이방인처럼 낯선

왕이 된 내 아들

왕이 되기 전 넌 천사 같은 아들이었다

왕이 되기 전 넌 우리 부부의 자랑이었다

- 「작약의 읍혈록」 부분

　감옥에 있는 아들을 향해 엄마의 마음이 되어 진술하고 있다. 화자는 감옥에 간 자신의 아들을 "보고 싶고/ 만져보고 싶고/ 안아보고 싶구나/ 김치찌개 끓이고 계란말이 해서/ 소박한 집밥 먹이고 싶구나"라며 소박한 사랑을 표현한다. 아들의 감옥으로 보낸 화자인 엄마는 "화인 불도장 꽝꽝 심장에 박히는/ 어미의 비애를/ 하늘인들 알까/ 땅인들 알까"라면 가슴이 무너지듯 한탄한다.

　김부자의 직설적 표현을 통한 현재 정치와 대통령

을 비롯한 정치인에 대한 비판은 궁극적으로 한국 사회와 국민, 인간 개인에 대한 시인의 애정 때문이다. 대한민국을 껴안는 큰 어머니의 마음, 대모의 마음인 것이다. 시인은 많은 인생 경험을 통해 "인생사 榮枯一吹(영고일취)/ 인생의 영광과 쇠퇴가 밥 한 끼 짓는 시간"인 것을 안다. 인생은 죽는 날까지 영고일취의 과정을 벗어나지 못한다.

3.

여야를 막론하고 정치를 잘못하는 인물을 싸잡아 비판하는 김부자는 "대한민국을 사랑해서" 모성의 마음으로 정치 시를 쓴다. 그의 시는 풍자적이다. 시인은 현실 정치를 소재로 다룰 때 직접적인 비판 대신 '풍자(Satire)'라는 우회적인 방법을 대부분 선택한다. 이런 방법은 예술적, 전략적, 그리고 심리적인 이유가 복합적으로 작용한다.

주요 이유는 검열과 탄압으로부터의 보호다. 우회적 저항이라고 할 수 있다. 가장 현실적인 이유는 안전이다. 독재 정권이나 표현의 자유가 억압된 시대에 권력을 정면으로 비판하는 것은 작가에게 큰 신체적, 사회적 위협이 될 수 있다. 아래 시 「이기고 돌아왔다」는,

물론 감옥에서 나온 대통령이 한 말이지만 제목부터
풍자적이다.

– 「이기고 돌아왔다」 부분

제목은 물론 주민들이 "윤 전 대통령 내외를 반갑게
맞아"준다거나 "다 이기고 돌아왔다"나 "3년 하나 5년
하나 그게 뭐가 중요하냐"나 "환한 미소를 띤다"는 행
위와 발성과 표정의 묘사를 한 후 "뭘 이겼는지/ 누구
를 이겼는지/ 월남에서 돌아온 김상사냐"고 민주당 박
지만 의원의 비아냥을 인용해 풍자한다.

　시 속의 박지만의 실제 이름은 박지원이다. 이름을

일부러 오기하는 것도 풍자의 일종이다. 다른 시에서 김민석을 김만석으로 오기하거나, 강선우를 강성우로 일부러 오기한다. 새옹지마를 야옹지마로 표기하거나, 소나무 숲은 대나무 숲으로 장소를 일부러 바꾸기도 한다. 권력을 가진 상대로부터 법적 물리적 타격을 피하는 수단이 된다. 또 우수꽝스런 정치행태를 풍자하기 위한 시인의 전술이다.

전공부인 : 이재명 장점이 무엇이랍니까

변호사 : 이재명 장점은 사람을 얻는 것입니다

전공부인 : 남편에게도 꼭 좀 전해주세요

변호사 : 뼈만 남은 앙상한 몸으로 오열을 했단다

- 「옥중 궁금증」 부분

독자는 전공부인이 누구라는 것을 쉽게 추정할 수 있다. 그리고 시인이 숨긴 것을 '찾아냈다'는 즐거움을 느끼게 된다. '전 영부인'과 '전공부인', '영'과 '공'은 음은 다르지만 뜻은 같다. 이음동의 방식의 풍자다. 시인은 대화 후반부에 '김부자'로 끼어들어 "지금 이 시점에서 그것이 궁금하였소"라고 비난한다. 그러면서 "이미 드레스는 비에 젖어/ 만신창이 유배중이요"라면 정치 행위가 더럽혀진 채로 끝났음을 은유적으로 풍자한다.

시인은 전 대통령의 정치행위가 끝난 이유를 "게으른 왕과 철부지 왕비"의 "부창부수"로 해석한다. 이들은 시적 현재 "좁은 땅에서/ 방도 부족하거늘// 독방 하나씩 차지하고/ 유배생활을 하고 있다니/ 두 분/ 참으로 거시기합니다"(「날개 꺾인 부창부수」)라고 진술한다. 더하여 다른 시 「과욕필망」에서는 "정신 다이어트/ 마음 다이어트는 안 하면서/ 몸 다이어트만 했던 여자// 정신 성형/ 마음 성형은 안 하면서/ 얼굴 성형만 했던 여자"로 묘사하며, "정신이 비대증에 걸"려서 "결국/ 과욕필망"을 했다고 한다.

문옥이(초등학교 동창) : 밥 한번 사라이?

부자 : 돈 없단께.

문옥이 : 책 안 팔리냐이?

부자 : 징하게 안 팔린당께.

문옥이 : 너 안 팔리는 시 계속 쓰면 순사 나으리가

　　　　잡아가.

부자 : 괜찮혀, 나는 예방주사 쎈 것으로 3차 W로

　　　맞은 촉법시인이랑께.

– 「촉법시인」 전문

　시인은 초등학교 동창과 대화 형식을 통해 자신을 촉법시인으로 자인한다. 제목 '촉법시인'은 시인의 창의성이 발휘된 조어다. 촉법(觸法)은 '법(法)을 범하다(어기다)'라는 뜻으로, 주로 만 10세 이상~14세 미만의 형사 미성년자 중 범죄를 저질렀으나 형사처벌을 받지 않는 촉법소년을 의미한다.

　이들은 감옥 대신 사회봉사나 소년원 송치 등 보호처분을 받으며, 범죄 기록이 남지 않는다. 시적 화자도 마찬가지로 범죄기록을 없지만 이미 시집을 통해 범죄를 저질렀다는 암시다. 화자의 친구인 문옥이는 안 팔리는 시를 계속 쓰면 "순사 나으리가 잡아"간다고 엄포를 놓는다. 화자인 부자는 "예방주사 쎈 것으로 3차 W로 맞은 촉법시인"이라며 유머스럽고 은유적 표현으로 자인한다.

김부자는 이렇게 독자의 각성과 공감 유도를 위해서 시에 유머스러움의 힘을 활용한다. 원색적이고 단순한 1차적 비난이나 비판은 독자에게 피로감이나 거부감을 줄 수 있다. 비판의 효과 극대화를 위해 풍자를 한다. 풍자는 해학과 골계를 동반한다. 때문에 비극적인 현실을 희극적으로 묘사함으로써 독자가 현실을 객관적으로 바라보게 만든다.

김부자의 은유가 담긴 시적 풍자는 독자의 기억에 훨씬 강렬하고 오래 남을 것이다. 풍자를 통해 권력자의 모순을 조롱하고 희화화할 때 독자는 대리 만족과 통쾌함을 느끼며 시인의 메시지에 더 깊이 공감하게 된다.

4.

김부자가 정치를 제재로 많은 시를 쓰고 시집을 내는 것은 지금보다 더 나은 정치, 좋은 정치를 희망하기 때문이다. 그는 〈시인의 말〉에서 "제가 이런 시를 쓰게 된 것도 매우 유감입니다. 여러분이 대한민국을 사랑해서 정치를 하듯이 저도 대한민국을 사랑해서 이런 시를 내었습니다"라고 한다.

K-팝

K-푸드

K-한류

K-스포츠

K-영화

K-문화는 지금 잘 돌아가고 있다오

각 분야에서 관계자들이 달려라 하니처럼

잘 달리고 있다오

세탁기는 물 없어도 잘 돌아가고

냉장고는 며느리 없이도 씽씽 쌩쌩

귀신처럼 잘 돌아가고 있다오

대한민국에는 정치만 잘 돌아가면 된다고

전하오

K-민주주의만 이루어지면 된다오

K-정치를 부탁하오

― 「K-정치를 부탁하오」 전문

10여 년 전부터 시작된 한류 열풍은 전 세계로 퍼져 나가 세계인들의 마음을 사로잡고 있다. 세계는 한류 현상에 매혹되고 있다. K-뷰티, K-팝, K-드라마에서 K-건강, K-푸드, 그리고 이제 K-툰에 이르기까지, 전 세계는 한국의 모든 것을 좋아하고 있다. 전 세계는 한국의 음악뿐만 아니라 영화, TV 쇼, 뷰티, 스킨케어, 음식 등 많은 한국 문화에 푹 빠져있다.

그런데 한국 정치는 그렇지 않다는 것이 이 시의 요지다. 시인은 "대한민국에는 정치만 잘 돌아가면" 되고 "K-민주주의만 이루어지면 된다"고 하니 "K-정치를 부탁하오"라고 정중히 제안한다. 결국 정치의 개선을 위해, 정치의 발전을 위해, 국민의 안정된 삶을 위해 현재 정치 상황을 은근히 비판하는 것이다. 그러면서 사회정치적 사건에서 개인의 경험을 투영하는 쪽으로 이동시킨다.

주사이모

주방이모

친이모

저모 고모 이모

이모 씨를 이모로

착각하여 없는 이모

청문회까지 등장한 이모

근친상간한 몹쓸 이모

―「아빠한테는 처제 나한테는 이모」 전문

'주사이모'는 병원 밖에서 은밀하게 수액이나 영양 주사 등을 놓아주는 무면허 의료 행위자를 일컫는 은어다. 최근 연예계에서 불거진 논란과 관련하여 이 용어가 자주 등장하고 있다. 의료법상 의사 면허가 없는 비의료인이 병원이 아닌 장소(집, 차량, 숙소 등)에서 주사를 놓는 것은 명백한 불법이다.

시인은 한동훈 장관 청문회장에서 김남국 의원과 설전에서 '이 모 씨', '이모' 발언을 듣고, 거기서 시를 발상한 것이다. 또 유명 방송 연예인의 특정 사회적 사건인 '주사이모'에서 시작해 주방이모, 친이모, 저모 고모 이모로 발전하여 '근친상간한 몹쓸 이모'까지 발전시킨다.

또 시 「고 장제원 국회의원」에서는 장 의원의 자살 사건 시종을 정리한 뒤 "죄를 지었으면 죗값 치르고/ 용서받고 참회하고 다시 태어나는/ 그런 선택을 했으면 좋겠다는 생각이"라고 한 뒤, '근친상간을 저지르고

도 들키지 않았다는 이유로/ 오리발에 죄를 인정하지
않고/ 잘 버티고 있는 짐승만도 못한 자들도 있다'며 근
친상간 사건을 재차 언급한다.

젊어 이웃들에게 배려하고 양보하고
박사 사위 박사 며느리 보게 힘써 주고
상간녀에게 집 사주고 조건 없이 베푼
쑥맥불변 용감이

요즘에 이런 용감이 없죠
정작 본인 배우자는 이유 없이 멸시하고
소홀하고 상처만 준
숙맥불변 용감이

이제는 늙어 혼자 쪽방 지키는
숙맥불변 용감이
이 용감이는 어떤 남자일까요?

인격자다 □

바보다 □

잘 모르겠다 □

–「설문조사」 전문

이 시는 정치적 사건이나 정치적 인물만 비판하는 것이 아니다. 그는 시집 〈시인의 말〉에서 "정치인이나 일반인이나 법을 위반했으면 인정을 하고 법적 처벌을 받아야지요. 제발 끝까지 아니라고 거짓말하지 맙시다. 시간이 다소 걸려 피해자는 말로 형용할 수 없는 고통을 겪게 되지만 모든 일은 사필귀정입니다."라고 한다. 시인은 몇 편의 시에서 정치적 사건이나 인물을 이야기하다가 어느 국면에서 자신의 개인사로 전환시키거나 한 인물을 '쑥맥불변 용감이'로 표현한다. 시적 화자가 '쑥맥불변 용감이'와 관련된 '근친상간' 피해자일지 모른다는 추정도 해본다.

5.

김부자의 시집 『K-정치를 부탁하오』를 직설적 비판과 풍자적 비판, 개인사 투영으로 유형화해 살펴보았다. 시를 포함한 문학은 인간을 억압하는 모든 것에 반대하며, 인간의 자유를 확장하는 길을 모색하는 작업이다. 물론 문학이 순수하게 예술적 가치만을 지향해야 한다는 '예술을 위한 예술(L'art pour l'art)'의 입장도 존재한다. 그러나 정치가 국가와 집단과 개인의 삶을 파괴하고 진실을 가릴 때, 문인이 침묵하는 것은 곧

부당한 권력에 대한 동조가 될 수 있다.

그런 의미에서 김부자의 지속적인 작업, 즉 정치인들의 정치행태를 구체적으로 폭로하거나 밝히는 직설적 비판과 정치인들의 이름을 살짝 바꾸는 등 풍자적 방식으로 진술하는 간접적 비판, 시인 자신이 속한 집단이자 국가인 대한민국의 미래를 위해 시인이 정치에 당부하는 내용과 다소 개인사를 투영하고 있음을 확인했다.

독자들은 김부자의 시들을 읽어가며, 모든 진지한 문학 작품에는 정치적 목적이 내포될 수밖에 없다고 믿었던 조지 오웰과 작가는 역사를 만드는 사람들을 위해 일하는 것이 아니라, 역사에 시달리는 사람들을 위해 일해야 한다는 카뮈의 말을 떠올릴 것이다. 그리고 사회적 비판과 분노의 원천은 시민으로서의 보편적 양심과 개인사와 관련된다는 심리학적 개념도 눈치챌 것이다.